MOUHAMADOU RASSOUL DIOUF

AÏCHA
LA REVANCHE À DIAGA

MMD

"La curiosité nous rend scientifique et l'amour, poète."

Inspiré de **GEORGES SANTAYANA**

PRÉFACE

Chaque histoire commence par une conjonction, un instant où nos existences, nos trajectoires vitales se fusionnent avec celles d'autrui.

Ainsi s'offrit à moi l'opportunité de faire l'acquaintance d'Aïcha Rassoul, une singularité au sein de la galaxie humaine, rayonnant d'une joie de vivre contagieuse, dont le parcours a suscité en moi une inspiration déterminante pour entreprendre cette œuvre littéraire, laquelle a évolué en une célébration de son existence, de sa bravoure, et de son succès.

Par-delà les mots, les phrases prolixes, voire les épanchements scripturaux, mon effort d'expression transcende bien au-delà de l'aspect littéraire conventionnel. Il s'agit plutôt d'un profond hommage et d'une affection sincère que je dépeins, une alchimie qui transmue le hasard en une histoire éminemment belle, tissée d'amitié.

Au cœur de cette trame narrative, réside un mot : "**Revanche**", né du sourire espiègle d'Aïcha.

Elle a effleuré cette notion avec une pointe d'humour, une opportunité pour une satisfaction subtile, imprégnée d'esprit à l'égard de sa mère, Diaga. Une façon toute personnelle pour elle de magnifier ces pages.

Diaga, à l'instar de la mère d'Aïcha, a vécu une situation similaire lorsqu'elle reçut de son mari, un éminent artiste dont le nom se dévoilera au fil des pages, la dédicace de son album éponyme "**Diaga**", paru en 2010. Cet album comprenait un morceau magnifique intitulé "Diaga", symbole de l'amour d'un artiste envers son épouse.

Cette aventure littéraire n'est pas seulement la mienne, ni à Aïcha ou à Diaga seule, mais la nôtre, où je m'abandonne aux délices de la poésie, non en tant que physicien nucléaire ni en tant qu'ingénieur, mais en tant que tisserand de mots, tissant la trame de merveilles qui réside dans une jeune femme, porteuse de la promesse d'un avenir radieux. Au fil de ces pages, je deviens le poète d'une princesse et de sa famille.

À elle, à son entourage, à nos proches et à tous ceux qui reconnaissent la puissance des mots pour sculpter nos vies, je destine ce livre. Que "La Revanche à Diaga" et chacune de ses pages vous inspirent, vous apportent réconfort et vous rappellent sans cesse la beauté de notre existence et des relations familiales.

À AÏCHA RASSOUL

Au sein des SECK, héritière d'une ombre précieuse,
Infiniment beaux tes yeux, reflets d'une Diaga, où le
mystère fuse.

Chante Wally, Seydina Alioune, frères proches et
fiers,
Heureux, veillent sur toi, perle rare de l'univers.

Auprès de nos têtes, resurgissent nos jamais
défunts,
Renaissent l'odeur de leur voix, le doux parfum.

A l'aube, ma tête sur ton robert, souffle chaleureux
Source de vœux, tel un « Petem » chaud et délicieux.

Sous ton étoile, mon poème, à l'espoir du miel de la
Lune.
Ombre d'amour, à Ouest Foire, où atterrit ma plume,

Union d'amitié, Aïcha, douce nuit sans défiance.
Lorsque, Rassoul, sur nos lèvres, tendres bécots
en silence.

Aïcha, tanzanite dans la cour des SECK,
Récits des glorieux parcours mérités...
S'éveillent des bonnes valeurs héritées.

Belleville-sur-Loire, Novembre 2023

Après ces vers verts d'éloges, prémices de notre rencontre et de notre amitié, je souhaite te plonger dans le récit de ce premier jour mémorable où nos chemins se sont croisés.

C'était un mercredi, en plein milieu de la semaine, et je m'apprêtais à échanger avec une personne exceptionnelle, la présidente directrice générale d'une start-up. Notre première conversation téléphonique était à portée de main.

Je me rappelle, à cet instant, nous étions encore des étrangers l'un pour l'autre, et je nourrissais ardemment l'espoir que cette interaction marquerait le point de départ d'une aventure aussi merveilleuse que prometteuse.

Permets-moi pour une fois de te rappeler le déroulement de cette journée :

- Toi (Aïcha) : Diaga-Digital, bonjour !
- Moi : Bonjour Madame Aïcha, c'est Rassoul. On ne se connaît pas. Excusez-moi !
- Toi : Pas de soucis...
- Moi : Je m'excuse, j'ai appelé sur votre numéro professionnel.
- Toi : Oui, je m'en rends compte. En quoi puis-je vous aider, monsieur ?
- Moi : Hum... avez-vous 3 minutes, svp ?
- Toi : D'accord, allez-y je vous écoute !

À ce moment-là, ma situation me faisait éprouver une sensation analogue à celle d'un circuit primaire d'un réacteur nucléaire après sa divergence, soumis à une pression totale.

La raison en était des plus élémentaires : je devais garantir que je n'occasionnerais pas de perte de temps tout en évitant toute bévue dans la communication.

Madame écoutait avec une grande attention tandis que je me présentais et exposais avec enthousiasme les raisons pour lesquelles j'avais entrepris de la contacter.

L'idée d'un échange en l'espace de quatre minutes sans empiéter sur sa conviction me traversa l'esprit.

Néanmoins, en parallèle, une autre pensée surgit, celle que sa journée du mercredi en plein milieu de la semaine, en tant que présidente directrice générale (PDG), pourrait être particulièrement chargée.

Face à cette réflexion bicéphale, j'ai pris la décision de ne pas la déranger pendant plus de trois minutes. En revanche, j'ai sollicité la possibilité de rester en contact en vue d'une discussion plus approfondie ultérieurement.

Je n'ai énoncé aucune autre phrase marquante, hormis l'échange de nos zero-six personnels et mon statut professionnel: "Je suis un Sénégalais résidant à l'étranger, ingénieur de profession".

Plus tard, par message :

- Hey, c'est Rassoul, le sieur avec qui vous avez parlé au téléphone plus tôt.
- Lol, bien reçu Rassoul.
- Très bien, je voulais te remercier sincèrement d'avoir accepté et pris le temps de me répondre avec autant de gentillesse et de respect. J'essaierai de reprendre contact lorsque vous aurez un peu plus de temps libre, s'il vous plaît bien sûr.

Je me représentais déjà une femme qui incarnait la puissance, la discrétion, le respect des normes sociales, et une grande détermination. Une personne qui ne perd pas son temps.

En réalité, cette femme a réussi à établir sa propre entreprise digitale, tout en apportant un soutien quotidien à sa mère, et en gérant certaines affaires de son frère aîné, qui n'est autre que Wally Ballago Seck, le chanteur vénéré par le peuple sénégalais.

Aïcha, tout comme son frère Wally, est l'arrière-petite-fille d'Ablaye Ndiareme Seck, la petite-fille de Cheikh Ablaye Seck, et la fille du grand artiste évoqué plus haut, le conjoint de Diaga.

J'aime particulièrement l'appeler par l'acronyme **"ARS Diaga"** ou en la surnommant "la Benjamine", bien qu'elle ait également un petit frère, Babacar Seck, qui aurait occupé la place de cadet au sein de la famille.

Papa Thione

Le père d'Aïcha, le célèbre artiste ou Kor-Diaga ("Kor", terme sérère pour désigner l'être cher de quelqu'un), était affectueusement appelé Papa Thione par la famille et les proches. Son nom complet, connu du grand public, était Thione Ballago SECK, et il était un musicien et un artiste de renom, né en mars 1955.

En fait, j'ai remarqué que le mois de naissance de Papa Thione, à savoir mars, correspond au mois de naissance du physicien Albert Einstein (né le 14 mars). De plus, l'année 1955 est l'année de la disparition d'Albert Einstein.

Est-ce un simple hasard ou une coïncidence ? Est-ce le déterminisme ou le probabilisme ? Quoi qu'il en soit, Papa Thione était tout aussi impressionnant en musique que le génie Einstein l'était en science.

La disparition de Papa Thione le 14 mars 2021 est une tragédie marquante pour le monde de la musique, tant au Sénégal qu'au niveau international.

Ses chansons perdurent dans leur résonance au milieu du tissu culturel sénégalais, perpétuant ainsi leur pouvoir d'inspiration sur toutes les générations émergentes d'artistes.

Alors, Aïcha Diaga, pour toi, avec moi, et pour Papa Thione, avec nous, en hommage de toute la famille, je destine ces mots, en espérant qu'ils atteignent les étoiles :

Du Mbalax à la world music, tu as
brillé Papa,
Ta musique a voyagé, conquis,
fasciné,
Les mélodies que tu as créées restent
immortelles,
Ton esprit danse toujours en
harmonie avec les étoiles.
À jamais, ta musique vit dans nos
cœurs,
Un père exceptionnel, un artiste
inoubliable, tu as accompli ta part avec
honneur,
Aujourd'hui, Aïcha et moi chantons
pour toi, Ballago,
Papa, repose en paix, ton souvenir est
éternel.

Papa Thione est parti, mais son empreinte demeure sans doute inaltérable. Sa présence nous accompagne de manière perpétuelle, nous protégeant où que nous soyons.

En vérité, Papa ne nous abandonnera jamais. Il perdurera indéfectiblement dans nos cœurs, incarnant à la fois la figure tutélaire paternelle et la légende de la musique africaine, perpétuant son rôle d'inspirateur touchant bien de millions d'individus. Alhamdoulilah, son héritage persiste, avec Wally

Ballago SECK et d'autres qui perpétuent son héritage.

Wally Ballago SECK,

dont la réputation s'est solidement ancrée, ne nécessite plus d'introduction. De Dakar à New York, en passant par la Gambie, la Mauritanie, Milan, et jusqu'au Congrès de Bercy à Paris, ses concerts trouvent écho sur la scène mondiale.

Il exerce avec zèle son rôle de chef d'orchestre au sein du groupe Wally Family, investissant dans cette tâche la même ferveur et le même engagement qu'il consacre à sa fonction de père et d'aîné.

Je me remémore sa publication sur les réseaux au moment où, Aïcha, tu avais glané ton diplôme de baccalauréat en 2016. Cette proclamation était d'une telle émotion que je prends la liberté de la reproduire intégralement : "Ma bachelieeeeere... Félicitations ! Ma petite sœur @aicha_ballago_seck a obtenu son baccalauréat avec mention. MashaAllah, rakk sama. Li yala nala djik. Je suis très fier de toi. Warone naa nék Senegal nak... Profite bien mon cœur."

Ces propos de Wally Ballago reflètent véritablement l'affection et la fierté qu'il éprouve envers toi, ainsi que de son souhait de te voir réussir tous les jours. Certainement, il l'aurait écrit pendant l'une de ses tournées à l'étranger.

Cela témoigne l'importance que Wally attache à ta famille, illustrant ainsi que les liens familiaux sont une priorité absolue pour lui.

Aïcha, femme intelligente !

Aïcha, nul doute, que tu es une travailleuse acharnée, une qualité chez toi unanimement reconnue. Une jeune femme consacrée à la recherche de la réussite.

Ton succès éclatant au baccalauréat en lettres, avec une mention Bien, témoigne de ton engagement et de ta ténacité.

Je préserverai avec discrétion, tel un artefact précieux, ta note en mathématiques au baccalauréat. J'ai été agréablement surpris lorsque tu as choisi de m'en parler de vive voix.

Ton éloquence verbale et ton sens des affaires laissent penser à un niveau de maturité bien au-delà de ton âge.

Ton intelligence rayonne dans tous les domaines de ta vie, et il est pratiquement impossible de ne pas être ébahi par ton intellect et la sagesse dont tu fais preuve dans toutes les circonstances.

Depuis le moment où nos chemins se sont croisés, je continue d'admirer la manière dont tu t'exprimes, ta façon de répondre aux questions, ta capacité à relever des défis complexes et la sagesse qui va bien au-delà de tes années.

C'est un privilège de partager des instants précieux avec une personne aussi intelligente et discrète. Ta présence est une source d'inspiration constante, et je suis impatient de continuer à apprendre et à te voir grandir à mes côtés.

Je suis persuadée que toutes les âmes ne se rencontrent pas par hasard, mais qu'elles finissent par se rejoindre pour changer le monde ou pour changer leur vie.

Permets-moi d'insister sur une chose Aïcha, ton intelligence, qui m'attire constamment. Tu possèdes cette capacité rare chez une jeune femme à comprendre des concepts particuliers et à les expliquer de manière claire et accessible. Ta mention au baccalauréat est amplement méritée.

Ton scepticisme logique et ta curiosité insatiable t'entraînent vers de nouvelles compétences. C'est impressionnant de constater comment tu évolues et tu grandis de façon constante.

Ce qui est encore plus remarquable, c'est ta maturité. Ta capacité à diriger et à gérer les situations avec calme et sérénité, à prendre du recul quand c'est nécessaire, et à considérer l'ensemble du panorama, est quelque chose qui me fascine jour après jour.

Ta sagesse va bien au-delà de tes nombres d'années, et elle enrichit nos échanges de manière palpitante.

Tu me rappelles une histoire que j'ai lue il y a quelque temps, une histoire qui m'a toujours marqué.

C'est l'histoire d'une femme qui possédait une collection de pierres précieuses d'une valeur inestimable. Un jour, quelqu'un lui a demandé quelle était la plus précieuse. Elle a souri et a répondu : "La plus précieuse est celle que je n'ai pas encore trouvée."

Cette histoire illustre parfaitement ce que je ressens en ce moment. Chaque jour passé avec toi est une découverte de nouvelles facettes de ta personnalité, de nouvelles raisons de t'apprécier.

C'est comme si, à chaque instant, je trouvais une nouvelle pierre précieuse dans le trésor de notre aventure.

Bien sûr, il y a aussi ces instants légers et amusants que nous partageons, ces moments qui nous rapprochent de façon relative. Par exemple, au début lorsque je posais une question et que tu me répondais avec esprit en disant :

"D'accord Mohamed, mais je ne pense pas que ça marche comme ça, que toi, tu poses des questions et que moi je réponde. Je pense que c'est le sens inverse... (rires). Et alors si je dis que je ne réponds pas, qu'est-ce qui peut m'arriver ? Rien du tout, n'est-ce pas ? Donc, je peux dire non aussi, jouer la mystérieuse (rires)."

J'adore cette réponse, même si je ne peux pas toujours expliquer pourquoi.

Nos conversations, nos plaisanteries, et parfois nos moments de folie sont des souvenirs qui illuminent mes pensées.

Rire avec toi, c'est comme écouter la plus belle mélodie au monde, c'est comme écouter l'album " Diaga " et chaque éclat de rire partagé nous rapproche davantage.

C'est une sensation incroyable de penser que nous sommes peut-être en train de créer notre propre histoire comique, une histoire qui racontera comment deux personnes ont découvert l'amitié et l'harmonie dans des moments inattendus de franche rigolade.

Comme je le disais tantôt, je suis certain que l'univers conspire pour que les âmes se croisent, que ce soit pour transformer le monde ou leur propre destin.
Je sais que nous pouvons accomplir de grandes choses ensemble. Ta vision du monde, ta capacité à résoudre des problèmes et ta maturité sont des atouts inestimables.

Je suis reconnaissant pour chaque moment précieux que nous partageons et je suis impatient de découvrir de nouvelles "pépites" avec toi, de rire davantage et de créer des souvenirs inoubliables.

Mes nuits de pensées et de souvenirs

À l'heure actuelle, où je consacre les deux tiers de mon temps à mes travaux en laboratoire et le reste (soit 9 heures par jour, 7 jours sur 7) au sein du poste de pilotage de la centrale nucléaire d'EDF, mes nuits ne sont pas uniquement hantées par les enjeux du service public ou les problématiques de développement, mais également par un défi bien plus concret : celui de trouver une femme pratiquante, intelligente et déterminée. La maturité et la piété !

Cependant, ce n'est point la solitude du célibat qui m'effraie, car je le vis de près, mais c'est l'idée du néant, celle d'échouer à rencontrer une femme qui incarne ces qualités et avec qui je puisse envisager un avenir souhaitable.

Oui ! L'idée du néant est ce qui me préoccupe le plus, car le néant de l'inintelligible se profile comme le pire des enfers.

Parfois, j'ai l'impression d'en avoir des nuits froides, mais je trouve toujours du réconfort en lisant la sourate Al-Mulk du Coran (la royauté) ou le poème "Asiiru mahal abraari" d'Ahmadou Bamba dédié à son cheminement vers l'Exil.

Alors, depuis que j'ai eu la béatitude de faire ta connaissance, cela n'ébranle plus ma confiance. Ma foi s'en trouve fortifiée, car je crois pleinement en ce destin qui est nôtre et qui est immense, incroyablement immense.

Je crois absolument en la profondeur de nos affinités et en la capacité de notre amitié à transcender les frontières pour irradier de façon éclatante.

Je suis conscient que tu es une personne d'une érudition remarquable, ce qui consolide davantage ma confiance.

Notre amitié ne repose nullement sur des distinctions, des récompenses, des statuts ou des jugements extérieurs. Elle puise sa substance dans l'authenticité, la compréhension, la confiance, et l'affection mutuelle, et c'est précisément ce qui la rend si extraordinaire à mes yeux.

Je ne puis que m'abstenir de songer à la manière dont ta brillance, ton charme, et ta personnalité captivent un large auditoire, qu'il soit proche ou lointain.

Il ne fait nul doute que les sénégalais reconnaissent et apprécient ta personnalité et ton caractère unique.

Il est facile d'imaginer que ta famille, tes proches, tes amis, tes collègues, voire même des enfants ou des inconnus, se trouvent inexorablement attirés par ta présence.

Cela ne fait qu'accentuer mon affection et ma confiance, sans susciter la moindre appréhension en moi.

Tu es une femme indépendante, libre de tracer tes propres destinées. Et effectivement, tu es, avant tout, une femme d'une intelligence saisissante, une "signare" au regard envoûtant. Alors que j'écris ces mots, je ne peux m'empêcher de songer à mon illustre ancêtre, Léo Senghor. Joal ! Je me rappelle.

Aïcha, ta beauté suscite en moi une pléiade de souvenirs. De Joal à Niakhar, de Kissane à Mbomboye, jusqu'à Touba Toul, je contemple ta magnifique voix qui évoque celle de Mariama diouf Diaker et me rappelle les chants lors de mes nuits à "Londior", où le "Maama-ndiaye" veillait inlassablement sur nous en sollicitant parfois les ancêtres pour notre protection.

Je chante la splendeur de tes **yeux**, une beauté que je fixe éternellement dans mon esprit. Ta chevelure me rappelle les après-midi de "Fil" passés à "Ndaalane", où je me plongeais dans la béatitude d'une foule immense et harmonieuse, exaltant avec enthousiasme notre culture.

Aïcha, Aïcha, profite pleinement de chaque instant, car le destin compersif t'a dotée de ce don pour nourrir les racines de la vie.

Ainsi, les projecteurs peuvent briller sur toi, évidemment, j'en suis conscient. Néanmoins, sache qu'au plus profond de mon cœur, tu brilles comme l'étoile la plus éclatante.

Cependant, permets-moi de t'adresser une acclamation sincère pour l'ensemble de la femme que tu es.

Tu te révèles être une authentique combattante, une PDG dévouée à la tête de Diaga Digital, un modèle de réussite et de persévérance.

Ton parcours pourrait assurément constituer une source d'émulation pour de nombreux jeunes désireux de s'accomplir dans la sphère de l'entrepreneuriat.

En parlant de femmes remarquables, permets-moi de te raconter une histoire qui m'a toujours inspiré et que je raconte souvent à Alimatou Sadiya et Maman Khadija, mes deux uniques sœurs.

Il s'agit de Mary Anderson, une femme d'affaires visionnaire du 19e siècle. Elle a inventé l'essuie-glace automobile, une innovation qui a changé la façon dont nous conduisons sous la pluie.

Son esprit inventif et sa détermination à améliorer la vie des gens sont des qualités que je vois également en toi. Tu as cette capacité à transformer les défis en opportunités de manière impressionnante.

Ce qui me fascine tout autant, c'est ta philanthropie. Ton altruisme envers le bien-être des enfants et ton dévouement envers des causes humanitaires sont très respectables.

Cela me rappelle une autre femme, Melinda Gates, qui, avec son époux Bill Gates, a créé une fondation caritative de renommée mondiale. Leur travail a un impact profond sur la vie de nombreuses personnes dans le besoin.

Tout comme Melinda, tu utilises ta réussite pour faire le bien au Sénégal et c'est une qualité qui te distingue.

Ta sagacité te confère cette faculté d'analyser les contextes et d'élaborer des résolutions, faisant de toi un atout incommensurable dans le domaine digital et sur l'entreprenariat.

Ce trait de personnalité t'aligne avec des femmes telles que Sheryl Sandberg, la directrice des opérations de Facebook, réputée pour être l'une des éminences de la Silicon Valley.

Au-delà de ta réussite professionnelle grandissante, tu témoignes beaucoup de générosité et de sollicitude qui suscitent mon admiration.

Des femmes comme Michelle Obama, qui non seulement ont occupé des postes de haute responsabilité, mais ont aussi œuvré pour le bien-être collectif, incarnent ces valeurs.

Qui sait, peut-être qu'un jour, avec moi, tu accéderas à une position de pouvoir tout en œuvrant pour le service public.

En te côtoyant, j'ai le privilège de connaître une femme d'une valeur hors norme, dotée de qualités tout à fait captivantes.

Même si je n'exprime pas directement mes sentiments, il est essentiel que tu saches à quel point tu es précieuse pour moi, et combien je respecte tout ce que tu es devenue. Il est rare de rencontrer quelqu'un d'aussi spécial, et je suis honoré de t'avoir connue.

Laisse-moi poursuivre l'expression de mon admiration pour toutes ces qualités qui font de toi, Aïcha, une jeune femme prodigieuse.

En tant que femme couronnée de succès, PDG et philanthrope tu inspires la sagesse et l'altruisme.

Mominatou Dany Ballago SECK

Lorsque j'évoque les femmes de référence, je ne saurais omettre d'évoquer ta grande sœur, la regrettée Mominatou Ballago Seck, partie trop précocement.

Le 12 janvier prochain, elle marquera son centième séjour céleste, coïncidant ainsi avec la date officielle de mon anniversaire. Je me souviens que la tienne est le 17 décembre, et cette date pourrait bien être associée à la publication de ce livre.

D'un point de vue ontologique, nous sommes nés tous les deux dans la même semaine (12 décembre - 17 décembre), comme le racontait ma mère... Histoire à suivre !

En ces moments où nos larmes persistent, car Mominatou Dany nous a quittés prématurément, je souhaite que l'humanité entière puisse demander à l'Eternel, Allah, le Très-Haut (SWT), de veiller sur elle, et que la lumière divine brille sur elle ainsi que sur son père, Papa Thione. Qu'ils reposent en paix.

Momy était sans conteste la directrice de télévision la plus remarquable que son mari, Mbougane Gueye Dany, ne croisera plus jamais à la SEN TV.

Elle avait gravi les échelons dans le monde des médias avec une détermination inébranlable, tout comme toi dans ton domaine d'activité.

Elle était un exemple vivant de réussite et de leadership, tout en restant fidèle à ses valeurs et à son engagement patriotique.

La manière dont Mominatou avait réussi à marier sa carrière professionnelle florissante avec son sens aigu de la philanthropie m'impressionnait à chaque instant. Elle s'efforçait de donner en retour à sa communauté et de créer un impact positif.

C'était une qualité que je reconnais également en toi, car tu as démontré à maintes reprises ton désir sincère de faire le bien dans le monde, en particulier au Sénégal.

L'intelligence qui émanait de Momy était tout aussi particulière. Elle possédait la capacité de comprendre des enjeux et de les résoudre de manière perspicace.

Comme elle, tu excelles dans ton domaine et tu montres une vision éclairée qui te rend unique.
Au-delà de son succès professionnel et de son engagement philanthropique, elle était une personne aimante et attentionnée, une qualité clairement perceptible dans sa personnalité.

Mominatou était une source de soutien pour sa famille et ses amis, tout comme tu l'es pour ceux qui te sont proches.

Si jamais tu ressens un jour le besoin de partager tes souvenirs ou de parler de ta relation avec elle, je serai toujours là pour t'écouter. Les moments difficiles sont plus faciles à surmonter lorsque nous les partageons avec quelqu'un qui se soucie profondément de nous.

Mominatou était indiscutablement une personne extraordinaire, et le fait qu'elle ait été un modèle de succès et de persévérance a dû avoir une influence sur ta personne, j'imagine.

Comme on dit souvent, "Les pommes ne tombent pas loin de l'arbre." Je peux voir en toi une personne qui pourrait très bien suivre les pas de sa grande sœur et accomplir de grandes choses.

Ton intelligence et ta détermination me laissent persuadé que tu possèdes le potentiel considérable pour accomplir un grand nombre de choses.

Ta relation avec Mominatou, l'amour et le soutien qu'elle t'a donnés, sont des atouts inestimables qui mettent en valeur ta singularité. Désormais, daigne me permettre de faire mention de notre éminente génitrice, ma maman à moi aussi, Ndeye Fatou Kiné DIOUF, Diaga.

Maman Kiné DIOUF, Diaga

Il devient inévitable d'aborder son sujet, puisque que j'ai affublé cette œuvre du titre "Revanche à Diaga". De plus, dans l'album "Diaga", je me souviens que Papa Thione proférait : "Soy woye nite ding ko né di woye sa yaye, di woye sa baye, dégeulaa, amna im-poor-tannnnce".

Cela justifie naturellement ma décision d'écrire à propos de ta mère.

Cependant, je m'en tiendrai à cette portion de la chanson. Je m'y pencherai ultérieurement, pour éviter d'omettre tout ce que j'ai à exprimer au sujet de Maman Diaga. "Léb naaaaako ba benein yoon"

En effet, lorsque je pense à elle, les mots m'échappent pour esquisser à quel point elle est une femme de valeur hors pair, aimante et admirable.

Tu peux aisément concevoir, Aïcha, que j'attends avec impatience l'opportunité de partager ce livre avec Diaga, et d'en savoir ce que sera sa réverbération vis-à-vis de notre "revanche".

Ce serait sûrement une étape éloquente de notre connivence, un moment où l'amitié, l'expression artistique, et les récits convergeront pour engendrer une création authentiquement singulière.

Ndeye Fatou Diaga incarne ainsi le prototype de la mère qui illumine chaque enceinte de sa présence. Sa bienveillance s'avère contagieuse, son sourire irradie, et son amour inconditionnel représente une source de consolation pour ceux qui ont le privilège de la connaître.

Les réminiscences que tu partages en sa compagnie doivent être empreintes d'instants de tendresse, d'éveil, et de sagacité. Elle t'a inculqué des valeurs inestimables, a présidé à tes premiers pas, et t'a dotée de la confiance nécessaire pour affronter le monde.

D'ailleurs, Maman Diaga évoque ces mères d'une gentillesse exquise, celles qui vous appellent à manger en utilisant votre patronyme complet, incluant le prénom et le nom, comme si vous étiez en passe de commettre une infraction ou un crime dans le salon. Haha !

Elle incarne entièrement l'archétype de l'amour maternel, une source d'inspiration à ton égard, et il est manifeste que son affection a modelé la personne que tu es devenue, Aïcha.

C'est pourquoi je puis affirmer que ta mère est une philanthrope innée, une maestria dans la diffusion de la chaleur domestique, une alchimiste transformant chaque instant en une réminiscence réconfortante, un pilier de stabilité en période d'incertitude.

Elle a sans doute hérité ces vertus de ta grand-mère, Mame Ndeye Wouly, elle aussi renommée pour son exquise grand-maternité.

Diaga est la quintessence de la bienveillance, de la persévérance, et de l'abnégation. Une mère d'exception, parée d'une âme douce, mais également une matrone que bien des gens souhaiteraient avoir l'opportunité de côtoyer. Prends-en pleine conscience, Aïcha.

En lui rendant hommage, j'exprime ma gratitude envers toutes les mères ayant contribué à infuser davantage de chaleur et d'accueil dans notre univers. Je pense notamment à mes trois mamans, à qui je souhaite adresser une mémorable ovation.

Diaga représente vraisemblablement ton premier modèle en termes d'altérité et de compassion.

Sa capacité à concilier les multiples rôles de mère, d'amie et de confidente est inégalée, et cela a incontestablement laissé une empreinte profonde sur ton être.

C'est elle qui, depuis le tout début, a illuminé ton chemin, sans aucun doute, et sa lumière chaleureuse continue de te guider à travers la vie.

Si jamais je songeais à avoir une belle-mère, Maman Diaga serait certainement mon choix numéro **Un**.

Je suis reconnaissant de la connaître, même si c'est de manière superficielle, et de voir en elle une maman référence.

Enfin, je tiens à te rappeler à quel point j'apprécie ta famille, que je suis très heureux de partager ces moments précieux à tes côtés. Les liens familiaux sont importants, et c'est quelque chose que je respecte radicalement.

Alimatou Sadiya et Khadija

À l'instant précis de la rédaction de cette page, en ce samedi, à 1 heure 14 du matin, je ressens une irrépressible inclination à solliciter l'opportunité d'être en ta compagnie, dans le dessein de débattre de sujets qui m'animent avec une intensité singulière.

Il ne fait aucun doute que cette interaction serait propice à l'élaboration plus aboutie de ma plume, contribuant ainsi à l'approfondissement conséquent de cet ouvrage.

Il est normal de souligner l'admiration qui m'étreint face à la méticulosité avec laquelle tu ériges les fondations de ton avenir.

Ton parcours révèle une parfaite harmonie entre les choix que tu as faits de manière autonome et le précieux soutien dont tu as bénéficié de la part de ta famille.

L'aura qui t'entoure éveille la curiosité de bien nombre, et je ressens un vif désir de découvrir les secrets qui sous-tendent ta routine et ton quotidien.

Quoique le passé ne m'ait pas permis d'être à tes côtés pour influencer les décisions qui jalonnent ton avenir, il me tient à cœur de t'assurer que ma présence est dorénavant tangible, et que mon engagement à soutenir tes projets et initiatives demeure inébranlable.

Je m'engage déjà dans cet altruisme avec mes deux jeunes sœurs, Alimatou Sadiya et Maman Khadija, et je constate l'impact substantiel que l'appui d'un être cher peut exercer.

Ces deux jeunes demoiselles suscitent en moi une sincère affection, et cela m'honore de contribuer sans cesse à leur épanouissement, tout comme je suis prêt à le faire dans le cadre de notre relation.

Je suis fermement convaincu que la vie se compose d'instants partagés, d'instants de liesse et d'entraide, ainsi j'attends avec impatience de vivre ces moments en ta compagnie.

Avant de poursuivre, et conformément à l'intitulé de cette section de l'ouvrage, je souhaite consacrer un bref moment pour une brève présentation d'Alimatou Sadiya et de Khadija. Elles sont toutes deux d'une exquise amabilité et arborent chacune un style qui leur est propre.

Alimatou Sadiya incarne un véritable tourbillon d'énergie. Elle se livre à des acrobaties incessantes, s'adonne à la danse et pratique assidûment le Taekwondo en compagnie de mon jeune frère, Mohamed Ababacar, le benjamin de la fratrie.

Si on devait lui offrir le choix entre une célébration familiale grandiose et une escapade en bord de mer, elle pencherait sans ambages pour cette dernière option.

On pourrait en même temps la qualifier de "Mademoiselle Natation" en raison de sa passion dévorante pour l'eau, qu'il s'agisse de piscines d'établissements hôteliers ou de lacs pittoresques.

Cependant, il est important de noter qu'elle se montre plus réservée dans son expression, se distinguant par son tempérament introverti par rapport à d'autres.

D'un autre côté, Khadija, ma cadette, incarne une antithèse totale. Elle démontre une éloquence, une perspicacité et une assiduité aiguisée dans ses études.

Elle ne tarit pas de questions, se complaisant pendant des heures dans l'immersion dans la littérature sans aucune agitation apparente. Elle mériterait sans conteste le surnom de "Mademoiselle Bibliothèque".

Il serait légitime de parier qu'elle pourrait aisément instruire son aînée, Alimatou, sur un vaste éventail de sujets, depuis big-bang jusqu'à la paléontologie, tout cela avec une aisance notable, le tout à l'âge tendre de 13 ans.

Ainsi, tu comprends que vivre avec ces deux-là est toujours une aventure.

Lors de nos périples, Alimatou Sadiya se montre résolument enthousiaste à l'idée de découvrir des tables gastronomiques et à savourer les paysages balnéaires, tandis que Khadija préfère trouver refuge dans les pages d'un ouvrage, savourer une session télévisée, ou consacrer du temps à entretenir le lien avec son amie d'enfance, demeurée dans le village de Kissane à Thiès depuis de nombreuses années déjà.

Cette harmonie entre leur passion effervescente et la quiétude de Khadija contribue à l'unicité et au charme de notre noyau familial, tel un duo humoristique.

Je ne saurais omettre le divertissement assuré lorsqu'elles entreprennent de tresser mutuellement leurs chevelures. Il s'agit d'un spectacle familial des plus comiques, presque aussi attendu qu'un concert de Papa Thione avec le Raam daan.

Assister à ces joutes ludiques pour façonner des coiffures tout en mêlant taquineries et manifestations d'affection serait indubitablement l'événement le plus prisé, incarnant une occurrence courante et des plus charmantes.

Cependant, dans une atmosphère bien différente, un soir, alors que la douce lumière du crépuscule enveloppait la véranda, Sadiya et Khadija étaient assises à côté de la grande fenêtre du salon, tressant soigneusement leurs cheveux tout en partageant des rires et des secrets. L'atmosphère était remplie de complicité et d'amour fraternel.

Pendant ce temps, j'observais alors cette scène touchante avec un sourire bienveillant. L'amour et la connexion entre ces deux sœurs me rappelaient à quel point la famille était précieuse.

Ainsi que la soirée avançait, les discussions se tournèrent vers les rêves et les ambitions.

Alimatou Sadiya révéla son désir de devenir policière ou championne de Taekwondo, tout en continuant à explorer son amour pour la natation.

Elle aspire également à créer une association visant à venir en aide aux enfants vulnérables, y compris les "talibés".

Khadija, quant à elle, partagea son aspiration à devenir docteur en médecine, peut-être même écrire un livre un jour disait-elle.

Elle a précisé qu'elle n'écartait pas non plus la possibilité de devenir professeure ou enseignante.

Toutes les deux avaient des rêves et des passions uniques, et leur détermination était palpable. Leur conversation rappela mes propres ambitions et m'insuffla une nouvelle énergie pour poursuivre mes objectifs.

Ce soir-là, au milieu des rires, des tresses et des rêves partagés, je réalisai à quel point ces moments familiaux étaient précieux. Alors que la nuit tombait doucement, je sentis que, grâce à cette famille, le futur était rempli de promesses et d'amour.

Et ainsi, la vie continuait avec ses moments spéciaux et ses aventures. Cette belle soirée passée avec mes sœurs, ainsi que toutes les expériences partagées avec elles, me rappelaient constamment à combien la connexion familiale était précieuse et apportait une profondeur à la vie.

Alors que je me rappelais à nouveau de tous ces moments, mes pensées se tournèrent naturellement vers Aïcha.

Je me rends compte que notre relation fraternelle naissante pourrait également avoir sa propre place dans cette mosaïque de liens familiaux et d'amour.

Tout comme Sadiya et Khadija partageaient leurs rêves et passions, je suis impatient d'en apprendre davantage sur les tiens, sur ce qui te motive, ce qui te passionne, et ce qui fait de toi la personne époustouflante que tu es devenue.

Alors que les jours passent, je me promets de continuer à tisser les fils de notre relation, tout en gardant à l'esprit les chères leçons que ma famille m'a enseignées.

Je suis enthousiaste à l'idée de partager nos propres rêves, de rire ensemble et de nous soutenir mutuellement dans les aventures à venir.

Car je sais que, tout comme les liens familiaux, notre relation a le potentiel de devenir une partie spéciale de nos vies, remplie de promesses et d'amour.

Les semaines défilent, et notre amitié converge, à travers chaque conversation, chaque partage d'expériences, et chaque moment partagé.

Je me sens privilégié par ce beau hasard qui t'a fait croiser ma route, et j'admire tout autant ce déterminisme qui sous-tend notre connexion.

Nous partageons nos défis et nos valeurs et aspirations. Je suis ému de découvrir à quel point nous avons, dans certains cas, des convictions similaires.

Ton engagement philanthropique, ta détermination professionnelle et ton amour pour ta propre famille m'inspirent énormément.

À mesure que notre amitié grandisse, je sens que nous pourrons construire quelque chose de spécial, qui, comme les précieux moments familiaux que je partage, apporterait une profondeur et une richesse à nos vies.
Nous sommes deux personnes qui se comprennent et partagent quasiment une vision commune de l'avenir.

Le lien entre nos deux mondes, nos familles et nos rêves se renforce, et je sais que cela nous guide vers des réalisations énormissime à venir.

Je promets !

À mesure que notre histoire se tisse, Aïcha Rassoul, je ressens l'envie de te faire une série de promesses, des promesses qui reflètent à quel point je tiens à notre amitié naissante.

Je te promets que je serai toujours là pour t'écouter, pour partager tes rêves et tes préoccupations, et pour t'apporter mon soutien inconditionnel dans tout ce que tu entreprendras. Je promets !

Je serai ton épaule sur laquelle tu pourras t'appuyer, ta voix d'encouragement dans les périodes de doute, et ton partenaire dans les aventures à venir.

Je te promets de continuer à apprendre à te connaître, à découvrir chaque facette de ta personnalité et à comprendre ce qui te fait vibrer. Je promets !

Je veux être cette personne qui te surprend agréablement, qui te fait sourire quand tu t'y attends le moins, et qui est présente pour les petits moments comme pour les grands.

Je te promets de respecter et de chérir notre amitié naissante, de la cultiver avec soin, et de faire en sorte qu'elle grandisse et prospère. Je promets !

Je m'engage à être transparent, discret, sincère et honnête dans nos échanges, car la confiance est le fondement sur lequel nous bâtirons notre relation.

Je te promets de célébrer tes succès comme s'ils étaient miens, de partager tes joies et de t'accompagner dans les défis à venir. Je crois en toi et en ton potentiel, et je suis prêt à être ce partenaire qui te soutiendra dans la réalisation de tes rêves.

Je souhaite que tu aies une claire perception de ton importance dans mon cœur, même si certaines de mes émotions demeurent enfouies, dans l'attente de l'occasion opportune pour les révéler.

Finalement, je m'engage à ce qu'un jour, si tel est ton désir, une Tesla Model X soit tienne.

Alors, Aïcha, ces engagements que je viens de proférer reflètent sincèrement ma considération et mon respect à ton égard, ils sont le gage de mon inébranlable dévouement envers toi, envers la magnifique amitié que nous bâtissons. Ils attestent de mon désir de bâtir une relation réussie avec toi.

J'aimerais être le roc sur lequel tu pourras t'appuyer, la personne sur laquelle tu pourras compter lorsque les tumultes de la vie se déchaîneront. Je souhaite être celui qui te soutiendra dans les moments de félicité et qui t'apaisera dans les heures de perplexité.

Je trépigne d'impatience à t'embarquer dans mes péripéties, à te faire découvrir mes passions et à t'associer aux moments qui revêtent une grande importance à mes yeux.

Ensemble, nous pouvons accomplir tant de choses. Ainsi, je suis persuadé que cette histoire que nous comptons écrire ensemble sera remplie de moments spéciaux, de rires partagés et d'une complicité grandissante.

Alors, que tu aies conscience ou non des émotions qui m'animent, sache que ma résolution consiste à faire en sorte que chaque chapitre de notre histoire soit mémorable et empreint de signification.

Aujourd'hui, il est ardu de traduire en mots le paroxysme de l'admiration que j'éprouve envers toi et Diaga. À travers chaque échange, chaque note vocale, chaque sourire et chaque moment partagé, je suis de plus en plus ébloui par ta personnalité.

Les valeurs que tu as héritées de Diaga, et peut-être même de Mame Wouly, transparaissent dans la personne altruiste que tu es devenue.

Je suis convaincu que ton destin est de réaliser des prouesses exceptionnelles, d'impacter la vie de nombreuses personnes et de laisser une empreinte indélébile dans ce monde, tout comme l'ont fait ton père et ta sœur Momy.

Quant à moi, que ce soit en tant qu'ami ou peut-être plus, je serai honoré de faire partie de cette aventure à tes côtés.

Aïcha, tandis que je poursuis mon exploration et mon admiration de la remarquable personne que tu es, je ressens que le moment est venu de partager davantage de moi, de révéler certains aspects de ma personnalité et de mes visions. Je suis conscient que cette curiosité est partagée, une volonté de mieux me connaître se dessinant en toi.

Comme tu l'as peut-être déjà remarqué, je suis une âme discrète, ce qui me rapproche de toi dans notre approche commune des médias sociaux et de la protection de notre vie personnelle.

J'accorde une grande importance à l'authenticité des interactions en face à face, à ces moments intimes partagés en privé, à l'abri des regards curieux des plateformes en ligne.

Je conçois qu'il est précieux de préserver une part de mystère dans ma vie, tel un trésor énigmatique à découvrir.

Mon intention n'est nullement de m'opposer au partage, mais plutôt de célébrer l'authenticité de ces moments où l'on se dévoile personnellement, sans artifices ni filtres.
En ce qui concerne mon statut relationnel, il ne t'a sans doute pas échappé que je suis demeuré

célibataire pendant une période prolongée, une situation qui découle de deux motifs majeurs :

❖ **Premièrement**, j'ai délibérément fait le choix de focaliser mon attention sur mon avenir. J'entretiens des rêves et des ambitions que je tiens à concrétiser, et certains de ces projets réclament un engagement substantiel en termes de temps et de renoncements.

De surcroît, je nourris un profond respect envers les femmes, que je considère comme des trésors inestimables. Je refuse de m'engager dans une relation de manière frivole, car je suis convaincu que les femmes méritent une attention et un respect sans réserve.

Les célébrations de la Saint-Valentin, les virées shopping, les rendez-vous romantiques, les dîners au restaurant, et bien d'autres expériences similaires, je désire les offrir avec une sincérité totale, et auparavant, ma charge de travail ne me le permettait pas.

À titre d'exemple, il est à noter que je n'ai pas pris de vacances depuis plus de sept ans. Je travaille inlassablement tous les jours de la semaine, avec des horaires atypiques, depuis cette période.

Mon emploi du temps a évolué au fil des années, oscillant entre les obligations scolaires, les emplois étudiants, les alternances entre les études et le monde professionnel, et les voyages liés à ma thèse.

Même ma famille, en particulier mes deux sœurs que j'aime profondément et mes frères, se trouvent parfois dans la difficulté de trouver des créneaux pour que je puisse leur consacrer du temps.

❖ **La deuxième** raison de mon célibat réside dans mon désir ardent de dénicher cette personne exceptionnelle avec laquelle je pourrais ériger une relation empreinte d'une compréhension, d'une authentique connivence et d'un respect réciproque.

Je m'abstiens de m'engager à la hâte dans des liaisons dépourvues de bases solides, car je suis fermement convaincu de la puissance de la rencontre authentique et de la connexion profonde entre deux âmes. Pour autant, je ne me précipite pas "Toute chose vient à point nommé." pour citer un verset du Coran.

Ainsi, Aïcha, voilà un peu plus ma situation et ma vision des choses, dans l'espoir de t'offrir un aperçu plus complet de ma personne.

Ma vision sur le mariage et rôle de père

Je suis vraiment enthousiaste à l'idée de continuer à te connaître, de partager davantage, et de découvrir ensemble ce que l'avenir nous réserve.

Aïcha, en partageant ces aspects de ma vie avec toi, je souhaite également souligner que ma décision de m'ouvrir à une relation sérieuse est le fruit d'une profonde conviction.

Je suis fermement persuadé que l'édification d'une union solide, fondée sur une profonde compréhension mutuelle et une authentique connivence, constitue une étape cruciale dans la vie.

J'aborde cette démarche avec la plus grande gravité, car à mes yeux, **le mariage** est une institution sacrée. Je souhaite m'engager dans cette entreprise avec un respect profond et une responsabilité inébranlable.

Mon engagement envers la personne avec laquelle je partagerai ma vie sera teinté de sincérité, et je suis prêt à investir du temps, des efforts, et une attention soutenue pour édifier un avenir empreint de solidité et de félicité.

Je suis convaincu que notre rencontre constitue le prélude d'un chapitre prometteur de ma vie, et c'est pour moi un honneur que tu fasses partie de ce récit.

À mes yeux, le mariage transcende largement la simple union de deux individus. Il représente un engagement sacré, la décision de deux âmes de cheminer côte à côte dans la vie, de partager les allégresses et les défis, et de se soutenir mutuellement en toutes circonstances.

En ma qualité d'homme, je perçois cette responsabilité avec une extrême gravité. Je considère le mariage comme le pivot central de la structure familiale. En tant que futur époux et père, je m'engage à déployer tous les efforts nécessaires pour édifier un environnement stable, empreint d'amour et de sécurité, pour ma future épouse et nos enfants à venir.

Mon ambition est de devenir un père attentif, un mari dévoué, et un homme sur lequel ma partenaire peut invariablement compter, à l'instar des paroles d'Albert Einstein lorsqu'il s'adressait à Mileva, celle qu'il avait rencontrée à l'École polytechnique de Zurich en 1896.

Alors Aïcha, tu sais, je peux, avec une sincérité totale, reprendre ces mêmes mots d'Einstein sans aucune forme de boutade. Albert réalisa son souhait en épousant Mileva quelques années plus tard, et leur amour se concrétisa avec la naissance de leur premier enfant, Hans-Albert, en 1904.

Cette histoire nous rappelle que les belles paroles peuvent se traduire en actes concrets, et j'espère sincèrement que nous pourrons construire notre propre histoire d'amour et de famille.

Un autre grand physicien, John Neumann, pense qu'en fait, un mariage heureux ne se produit pas par hasard, il doit être créé. Il ajoute également que le mariage, c'est lorsque l'on est toujours suffisamment jeune pour prendre la main de son partenaire.

Neumann poursuit en expliquant que le mariage, c'est quand vous vous rappelez de dire "je t'aime" chaque jour. C'est lorsque vous ne vous couchez pas en étant en colère.

Le mariage, c'est également lorsque vous ne prenez pas les actions de votre partenaire pour acquises.

Selon Neumann, l'idée n'est pas de chercher la perfection l'un dans l'autre, parce que nous ne sommes pas parfaits.

Au contraire, il souligne qu'il s'agit de faire preuve de flexibilité, de patience, de compréhension et de sens de l'humour. C'est la capacité de pardonner et d'oublier les erreurs.

Il insiste sur le fait que nous n'avons pas à chercher le partenaire parfait, mais plutôt à être nous-même. Ainsi, il perçoit l'union du mariage comme une aventure basée sur l'authenticité, la communication et la croissance mutuelle.

J'espère que, Aïcha, un jour, on pourra mettre en pratique ces précieux conseils et vivre notre propre histoire. Ces valeurs de compréhension, de patience, d'amour et d'authenticité guideront éventuellement notre chemin.

La responsabilité envers la famille s'érige en l'une des valeurs cardinales qui me sont profondément chères.

Mon aspiration est que ma future compagne perçoive une enveloppe d'affection et de soutien, et que nos descendants grandissent au sein d'un domicile imprégné de considération, d'affection et d'une formation rigoureuse.

C'est une perspective que je voudrais concrétiser avec toi, sous réserve de ton accord.

Je suis prêt à m'immerger pleinement dans les rôles de père et d'époux, et à prendre toutes les mesures nécessaires pour garantir l'épanouissement et le bonheur de notre famille.

En ma qualité d'ingénieur, exerçant des fonctions de jeune cadre, je conçois l'importance d'harmoniser ma carrière avec ma vie familiale.

Je m'efforcerai de jongler avec ces deux facettes de ma vie avec perspicacité et équilibre, veillant à ce que ma famille conserve sa place prépondérante, tout en donnant libre cours à mes ambitions professionnelles.

Concernant la parentalité, mon objectif est d'incarner ce père qui cultive la curiosité, le goût de l'apprentissage et le développement de l'autonomie chez ses enfants.

Je désire les guider dans leur exploration du monde, les épauler dans la formation de leur personnalité, et les orienter vers la voie de la responsabilité.

J'entretiens le souhait ardent que nos progénitures auront grande occasion d'apprendre et de maîtriser les rudiments de l'Islam. Comme tu le sais, la foi et la spiritualité occupent une place substantielle dans ma vie, et je perçois la transmission de ces valeurs à nos enfants comme un héritage inestimable.

Je souhaite que mes filles et fils puissent grandir en étant proches de leur foi, en comprenant les enseignements du Coran, et en cultivant une relation profonde avec le Theos, l'Être nécessaire ou le Dieu selon la terminologie qui te convient.

Je souhaite que nos enfants soient fiers de leurs origines culturelles et religieuses, et qu'ils soient à même de les transmettre à la génération suivante.

C'est un projet auquel je tiens, et je serais ravi de connaître tes réflexions à ce sujet.

En outre, je sais que tu as une approche littéraire et artistique, tandis que je suis plutôt du côté scientifique.

Cela me fait penser qu'éventuellement nos futurs enfants, s'ils héritent de nos qualités, auront un mélange unique de compétences.

Peut-être aurons-nous, qui sait, un enfant potentiellement passionné par les poèmes et les romans, et un autre qui cherchera à comprendre l'univers et les phénomènes physiques régis par des principes et des équations très complexes.

Imagine un instant notre discussion familiale où l'un de nos enfants demandera : "Papa, comment fonctionne le Big Bang ou Papa, c'est quoi la physique quantique ?" pendant que l'autre dira : "Maman, peux-tu m'expliquer la signification de cette citation d'Honoré de Balzac ?"

Nous aurons sûrement des moments très amusants à répondre à leurs questions et à les encourager dans leurs domaines d'intérêt, qu'ils soient littéraires ou scientifiques.

Nous serons comme les guides d'une équipe de super-héros aux compétences variées.

En tant que mari et père, je m'efforcerai de créer un environnement où chacun se sentira valorisé, écouté et soutenu.

Je veux que notre foyer soit un lieu de bonheur. Un endroit où chacun peut s'épanouir, et où l'amour sera le pilier de notre quotidien.

Aïcha, j'espère sincèrement que ma vision du mariage et de la vie de famille résonne en harmonie avec tes aspirations.

Je suis convaincu que notre aventure serait jonchée de moments mémorables, y compris dans le domaine gastronomique, en tirant inspiration de notre riche culture sénégalaise.

Il est fort probable que nos escapades culinaires soient empreintes d'éclats de rire, de découvertes et tout comme ces précieux souvenirs que j'ai partagés avec mes amis à Paris.

Souvenirs à Paris

Je réminisce des années de ma vie d'étudiant à Paname, l'autre nom de la capitale française, où ma résidence se trouvait dans le 14e arrondissement, pas loin de la Porte d'Orléans et du Stade Charléty.

Là-bas, un après-midi ensoleillé avait vu naître l'idée d'inviter mes amis Lassana, Momar, Ousmane, Biteye et Cheikh chez moi pour leur préparer un plat sénégalais qui les surprendrait agréablement.

Ma mère m'avait fortement encouragé à préparer du mafé, plat que je savais cuisiner à la perfection.

Mais, aveuglé par le désir de surprendre mes amis, j'ai décidé de relever un défi que je n'avais jamais tenté auparavant : le thieboudienne.

Malgré la simplicité apparente des ingrédients, la réalité de la préparation s'était avérée bien plus sophistiquée.

J'avais suivi chaque étape avec une précision méticuleuse, guidé par les instructions de ma mère lors d'un appel vidéo, alors que j'avais préalablement fait un passage à Château-Rouge la veille pour rassembler tous les légumes et autres composantes requises.

Au moment de la dégustation, la vérité m'a frappé de plein fouet : le plat était incroyablement épicé.

Pour éteindre ce feu culinaire, nous avons improvisé en ajoutant des litres d'eau et beaucoup de riz.

C'était hilarant, nous nous sommes tous retrouvés en train de lutter contre la chaleur épicée du thieboudienne.

Cette expérience m'a valu le surnom de "diouf thieboudienne" de la part de mes amis, un titre qui continue à me poursuivre depuis cette mémorable journée.

Depuis, chaque fois que nous nous retrouvons, ce moment de rire inoubliable refait surface dans nos conversations et devient un souvenir précieux de notre amitié.

C'est ce genre d'expériences et de souvenirs que je souhaite aussi partager avec toi, Aïcha, dans notre avenir ensemble.

Les aventures culinaires sont le reflet de la vie elle-même, pleines de saveurs, d'épices et de moments inattendus, et je suis impatient de les vivre à tes côtés.

C'est ainsi que je vois notre chemin ensemble, riche en découvertes, en rires et en amour.

En somme, c'est un chapitre de notre histoire qui se dessine, un chapitre où chaque repas partagé sera une métaphore de notre relation, mélangeant les goûts, les surprises et les épices de la vie.

Mais au-delà des plaisirs de la table, il est difficile d'exprimer pleinement à quel point ta présence a été un don précieux.

À travers les pages de ce livre, j'ai cherché à témoigner de la place que tu occupes dans mon cœur et dans ma vie. Tu es bien plus qu'une amie, tu es une étoile, une lueur d'inspiration qui éclaire mon chemin.

Mots de la fin

Je me souviens encore de ce jour où nos chemins se sont croisés pour la première fois. Une journée mercredi vers 11h, lorsque j'ai appelé chez Diaga-Digital, je n'avais aucune idée que cette simple conversation téléphonique allait marquer le début d'une fraternité, qui promet d'être Éternelle.

Ta gentillesse, ta politesse et ton attention à mon égard me touchent énormément.

Rire avec toi est une expérience unique, c'est comme écouter la plus belle mélodie au monde, c'est comme écouter notre "diaga" de Papa Thione. Nos éclats de rire partagés ont créé des souvenirs qui resteront gravés dans mon esprit pour toujours.

Ces moments de franche rigolade sont devenus le ciment de notre amitié, une amitié que je chéris plus que tout.

"La Revanche à Diaga", dédié à toi, est bien plus qu'un simple témoignage de mon amitié. Il est un hommage à ton courage, à ta détermination, et à ta capacité à trouver la beauté dans les petits moments de la vie.

C'est un cadeau que je t'offre avec tout mon cœur pour célébrer notre rencontre et notre amitié.

Il m'est très difficile de mettre en mots à quel point tu es spéciale pour moi. Mais je pense avoir essayé, parce que tu mérites de savoir à quel point tu es unique et combien je tiens à toi.

Avec toi, chaque discussion est une aventure, une aventure que je ne veux jamais voir se terminer.

Ta présence, même virtuelle, apporte une lueur et une chaleur à ma vie que je ne saurais jamais substituer.

Au-delà des mots, de toutes les phrases et des longs paragraphes, ce que j'essaie d'écrire est bien plus qu'un simple ouvrage.

C'est un profond respect et une affection sincère que je partage, une alchimie qui transforme, grâce à ce beau hasard, un rêve qui devient alors une belle histoire d'amitié.

Aïcha, tout comme ta famille, notamment ton père, Papa Thione (PSL), et ta mère Maman Diaga, ont joué un rôle fondamental dans ta vie, façonnant ton parcours et ta personnalité.

Pour toi, avec moi, et pour nous, avec Diaga, nous prions en hommage à la mémoire de Mominatou et Papa Thione.

Que leurs âmes reposent en paix et que leur héritage de sagesse continue de nous guider dans notre vie quotidienne, afin que nous puissions perpétuer leur précieuse mémoire avec honneur et gratitude.

Leurs influences se reflètent dans ton caractère altruiste, ta détermination à écrire ta propre histoire, et ta capacité à trouver la beauté dans les petits moments de la vie.

En outre, je souhaite et prie sincèrement pour la réussite continue de la carrière artistique de ton grand frère bien-aimé, Wally Ballago Seck, afin qu'il puisse perpétuer son rôle en illuminant le monde de son talent, tout en continuant à inspirer d'autres par sa créativité hors du commun.

Pour clore ce long message subliminal, je tiens à t'exprimer que tu incarnes une étoile resplendissante au sein de mon cosmos personnel, et ma gratitude pour ton amitié grandit chaque jour. Je te remercie d'être authentiquement toi, d'incarner cette entité quantique en moi.

Grâce à toi, j'ai pu expérimenter de manière empirique le phénomène de l'intrication, illustrant la non-séparabilité quantique.

Je consacre ma croyance à la fois à l'amour et à la physique quantique, et je les chéris toutes deux. C'est pourquoi j'attends avec impatience l'édification d'un avenir prodigieux à tes côtés, où nous unirons la physique à la concrétisation de nos rêves, à la surmonte des défis, et à la création de souvenirs encore plus précieux.

Cet humble ouvrage aspire à être une ample déclaration de l'immense estime que j'éprouve à ton égard, ainsi qu'envers ta famille. Il symbolise la préciosité de l'amitié que nous avons construite jusqu'à maintenant, tout en évoquant la possibilité d'écrire de nouvelles pages d'amour ensemble, si cela trouve écho dans ton cœur !

J'espère sincèrement qu'il te plaira.

Merci pour votre lecture

Guide de lecture

Printed in Great Britain
by Amazon

33299066R00046